AF469813

L'APOLLON DU BELVÉDER,

OU

L'ORACLE,

FOLIE-VAUDEVILLE IMPROMPTU

EN UN ACTE.

Par les Citoyens ÉTIENNE, MORAS, et GAUGIRAN-NANTEUIL.

Représenté pour les premières, fois sur le Théâtre des Troubadours, rue de Louvois, les 29, 30 brumaire, 1er., 2 et 3 frimaire de l'an 9.

DÉDIÉ A GRÉTRY.

A PARIS,
Chez ROUX, Libraire, Palais du Tribunat, galerie du Théâtre-Français.
AN IX. — 1800.

PERSONNAGES.

	Artistes.
DERLANGE, jeune homme amant d'Apolline.	HUET.
GERMAIN, son valet.	BOSQUIER-GAVAUDAN.
TROMBONER, musicien.	SAINT-LÉGÉ.
DESPOINTES, auteur.	FRÉDÉRIK.
Mme. DESPRITVIEUX.	Mme. RÉMY.
APOLLINE, sa fille.	Mme. BALLY.

La Scène se passe à Paris, dans un salon, chez madame Despritvieux.

COUPLET D'ANNONCE.

Air : *Vaudeville d'Arlequin afficheur.*

Vous croyez, séduits par le nom,
Voir ici le dieu du génie ;
Mais vous trouverez Apollon,
Sous les grelots de la folie.
Ah ! ne vous montrez point ingrats
Envers celui qui vous éclaire,
Et dans la nuit ne plongez pas,
Le dieu de la lumière.

GRÉTRY,

AUX CITOYENS

MORAS, ÉTIENNE ET NANTEUIL.

« J'AI assisté hier aux Troubadours, Citoyens : » c'était fête complète pour moi et pour ma famille qui » m'accompagnait. L'Apollon du Belvéder auquel j'ai » fait la cour à Rome pendant dix ans, a bien voulu à me reconnaître à Paris, et c'est à l'estime flatteuse » que vous avez de mes faibles talens que je dois cette » reconnaissance qui m'honore. Continuez toujours » de même, Citoyens, j'ai fini ma tâche, mais j'aime » les succès de mes survivanciers, et une moisson » entière vous reste encore à cueillir. »

Signé GRÉTRY.

Cette folie à laquelle a donné lieu l'inauguration de l'Apollon du Belvéder, à été composée dans une nuit et représentée trois jours après. Le succès complet qu'elle a obtenu nous venge bien des injures de certains pygmées qui ne peuvent nous pardonner de ne les avoir pas mis au nombre des favoris d'Apollon. A la tête de ces petits Messieurs se trouve le nommé P. C. F... G..., premier aide de camp du Courrier des spectacles, et *du Paon prenant les couleurs.* (Voyez le 3e. couplet du vaudeville.) Il a prétendu, dans son Analyse, que *nous avions jetté le gant au Vaudeville, et que sans doute celui-ci l'avait déjà ramassé.* Nous avons dû réclamer contre cette assertion méchante et perfide; et nous avons écrit à Lepan la lettre la plus honnête. Celui-ci avec sa bonne foi et son impartialité ordinaire, en ayant refusé l'insertion dans sa feuille, nous nous sommes vus forcés de la publier dans d'autres journaux. Mais à quoi bon rappeler ici ces particularités. Parler de Lepan à propos d'Apollon... Cela passe vraiment la plaisanterie, et nous nous arrêtons pour éviter la colére du dieu. Il est plus agréable pour nous d'opposer à de vaines clameurs le témoignage d'un grand homme, celui du Molière de la musique; il assistait, avec toute sa famille, à la représentation de l'Apollon. Au moment où celui-ci lui rend grâce de l'avoir si bien fait chanter dans Midas, de vifs applaudissemens éclatèrent dans toure la salle. Le lendemain il a écrit aux auteurs la lettre suivante, dont ils suppriment toutefois ce qu'elle contient de trop flatteur pour eux; mais on conviendra sans peine qu'un mot d'éloge de Grétry venge bien de toutes les injures d'un Lepan e de ses acolytes.

L'APOLLON DU BELVÉDER,

OU

L'ORACLE.

SCÈNE PREMIÈRE.

APOLLINE *seule.*

POINT de nouvelles de Derlange ! hélas ! qu'est-il devenu ? Je ne vois pas même son valet. Ils ne peuvent s'introduire ici, n'étant ni antiquaires, ni poëtes, ni musiciens ; car ma tante ne voit plus que des gens de cette espèce. En vérité, je ne puis la concevoir, à cinquante ans elle se prend d'une folle passion pour les arts. Elle partage tout à coup mes leçons de musique, de danse, de dessin ; elle fait des opéras ; elle ne parle plus que des bustes de Trophonius ; mais ce qu'il y a de plus affreux, c'est qu'elle veut que je renonce à Derlange, pour me faire épouser quelque fou d'antiquaire sans doute !

Air : *On compterait les diamans.*

Les modernes furent long-temps
Avec les anciens en querelle ;
On dit même qu'entre savans
Cette guerre se renouvelle,
Quoique bien étrangère en tout
A ces débats scientifiques ;
Pour les modernes j'ai du goût,
Et je n'aime pas les antiques.

SCÈNE II.

APOLLINE; GERMAIN *entrant mystérieusement.*

APOLLINE.

CIEL! c'est Germain!

GERMAIN.

Silence!

APOLLINE.

Ah! mon cher Germain! que fait Derlange?

GERMAIN.

Il est à dix pas de cette maison.

APOLLINE.

Le verrai-je bientôt?

GERMAIN.

Aujourd'hui.

APOLLINE.

Mais comment pourra-t-il faire?

GERMAIN.

Je m'en charge;.... mais, au nom de Dieu, silence!

APOLLINE.

Apprends que ma tante pousse la folie jusqu'à offrir la moitié de sa fortune pour posséder le buste parlant de Trophonius.

GERMAIN.

Je le sais.

APOLLINE.

Et qu'un certain anti .....

GERMAIN.

Antiquomanici ; je le sais.

APOLLINE.

Tu le sais ?

GERMAIN.

Eh ! sûrement ; c'est moi qui l'envoie.... En un mot, je suis informé de tout ce qui se passe dans cette maison ; j'ai ma police.

APOLLINE.

Mais quel est donc ton but en introduisant ici ce personnage ?

GERMAIN.

Silence ! encore une fois silence ! où nous sommes perdus. Je venais seulement vous prier le plus honnêtement possible de vous taire, de tout voir, de tout entendre sans vous étonner de rien.

APOLLINE.

Mais que veux-tu donc faire ?

GERMAIN.

Ah ! mon Dieu ! que de questions !

Air *du petit Commissionnaire.*

Ce serait une imprudence
De vous dire mon projet ;
Mais gardez bien le silence
Sur cet important secret.

APOLLINE.

Je ne sais rien, tu veux rire.

GERMAIN.

Eh! qu'importe Mademoiselle.

Une femme en pareil cas,
Souvent ne sachant que dire,
Dit ce qu'elle ne sait pas.

(*On entend parler haut dans la coulisse.*)

Ciel! j'entends votre tante; je m'enfuis. Amour, espérance et courage.

SCÈNE III.

APOLLINE, madame DESPBITVIEUX. TROMBONER *entre denx vins.*

Madame DESPRITVIEUX.

Je vous assure, mon cher Tromboner, que dans cette scène vous sacrifiez trop aux détails; vous n'allez pas droit au but.

TROMBONER.

Vous avez beau dire, madame Despritvieux; il faut absolument dans cette scène un duo, une romance, un air de bravoure et un rondeau; c'est le seul moyen de faire marcher l'action.... Vous le sentez bien.

Madame DESPRITVIEUX.

(*A part.*) Et mon antiquaire qui n'arrive pas. (*A Tromboner qui trébuche.*) Soutenez-vous donc, mon ami. Comment! de si bonne heure?

TROMBONER.

Laissez donc, Madame ; depuis que je traite ce sujet, je suis dans une ivresse perpétuelle.

Madame DESPRITVIEUX.

(*A part.*) Et ce maudit peintre qui m'avait donné rendez-vous ?

APOLLINE, *timidement.*

Ma tante....

Madame DESPRITVIEUX.

Allons ; vous allez encore me parler de votre Derlange. Je ne le connais pas ; mais je me rappelle ce que m'en a dit le buste de Trophonius lorsque je le consultai sur votre mariage avec ce jeune homme. Il est riche, aimable ; mais il n'est pas versé dans les beaux arts. Ainsi ne m'en parlez plus.

APOLLINE.

Mais...

Madame DESPRITVIEUX.

Point de mais.... (*A Tromboner.*) Vous savez que j'attends le signor antiquomanici.

TROMBANER.

Qu'est que c'est que cet antiquosamini ?

Madame DESPRITVIEUX.

Comment ! c'est le premier statuaire de l'Italie ; celui qui m'amène de Rome un Apollon du Belvéder et une Vénus du Capitole ; .... et cet homme incomparable possède le secret de Trophonius. Il les fait parler ; je les attends ce matin, et j'ai déjà fait poser les piédestaux.... Voyez.

TROMBONER.

Apollon !....

APOLLINE.

Comment ! le Dieu du goût arrive ! Nous en avions bon besoin.

Air : *Cette beauté riche d'attraits*

Le dieu du goût, dans ce pays
Vient donc signaler sa puissance ?

TROMBONER.

Mais à chaque instant dans Paris
Nous jouissons de sa présence.
Son image frappa mes yeux ;
Hier encor dans un lycée.

APOLLINE.

Vous vous serez trompé de dieux,
Pour lui, vous aurez pris Morphée.

TROMBONER, *avec enthousiasme.*

Parbleu ! il me vient une idée sublime ! Apollon !.... je vais lui faire une invocation.... Je le tiens.... Ce morceau sera d'une harmonie épouvantable ! (*Il fredonne.*)

Madame DESPRITVIEUX.

Mon ami, croyez-vous ?....

(*Tromboner continue toujours de fredonner.*)

Madame DESPRITVIEUX.

Je vais vous réciter un quatrain, impromptu que j'ai fait pour mettre au-dessous de la statue. (*Elle déclame.*)

« Apollon, dieu de la lumière !

(*Tromboner fredonne plus fort.*)

Madame DESPRITVIEUX.

Ah ! l'insupportable.... Mais que vois-je ? Un étranger ! Ne serait-ce pas l'illustre signor Antiquomanici ?

SCÈNE IV.

Les précédens, GERMAIN *déguisé en carricatue italienne.*

GERMAIN.

Si, signora, si ; c'est loui-memos arrivé depouis peu de l'Italia, et venou soubita per salouer l'incomparabile Despritvieux, ainsi que mademigella. (*A Apolline, bas.*) Je suis Germain.

APOLLINE, *à part.*

Ciel ! qu'entends-je ?

TROMBONER.

Signor, j'ai bien l'honneur de vous présenter mes petits devoirs, si j'en étais capable. Vous êtes de l'Italie, du pays des Rameau, du centre de la musique.

GERMAIN.

De la mousique, signor ? Dites donc de tous les arts ; de la peintoura, de la scoulptoura, de l'architectoura, de la litteratoura, de l'agricoultoura, de.... de....

TROMBONER, *l'interrompt.*

C'est assez, mon ami ; tout cela était vrai autrefois ; mais nous avons un citoyen qui a bien changé les choses.

Air *de Catinat.*

On doit à ce grand homme
Plus d'un monument
Qui de l'antique Rome
Faisait l'ornement.
Il pourrait dire comme
Un grand héros jadis :
« Rome n'est plus dans Rome,
» Elle est toute à Paris. »

Madame DESPRITVIEUX.

Vous nous amenez donc l'aimable dieu du Pinde, Apollon.

APOLLINE.

Apollon ! ah ! je brûle de le voir.

Madame DESPRITVIEUX.

Comment ! petite curieuse. Vous ne le verrez point ; il y a de bonnes raisons pour cela.

GERMAIN.

Eh ! perche la signorina ne pourrait-elle pas le vedere ?

Air : *Fidèle époux.*

Votre nièce, sans ridicule,
Peut aller voir ces monumens :
On ne porte pas le scrupule
Aussi loin que dans l'ancien temps.
Nous suivons une autre coutume,
Et nos dames en vérité,
En les jugeant sur leur costume,
Ne craignent pas la nudité.

Madame DESPRITVIEUX.

Tout cela est bon pour la plaisanterie. Mademoiselle, ayez la bonté de vous retirer sur-le-champ.

APOLLINE.

Quel fâcheux contre-temps !

GERMAIN, *bas à Apolline.*

Ne vous éloignez pas ; restez dans la chambre voisine

SCÈNE V.

Les mêmes, excepté APOLLINE.

TROMBONER.

CITOYEN signor, vous qui connaissez l'Apollon, dites moi, je vous prie, une particularité essentielle. Ce matin, en me rafraîchissant, j'ai été témoin d'une dispute à ce sujet : il s'agissait de savoir de quelle carrière on avait tiré le marbre de la statue.

GERMAIN.

La dispoute dourera long-temps ; je vi l'assoure en regardant la statue, impossible de savoir de quoi elle est faite ; ce n'est pas dou marbre ; c'est le sang qui circoule ; c'est la chair elle-même ; et tenez, j'allais vi le dire.

Air : *La comédie est un miroir.*

Les contours en sont si bien pris,
La figoure en est si parfaite,
Les détails en sont si finis,
Depouis les pieds jusqu'à la tête ;
Tout est si beau, si plein de feu,
Si naturel, jusqu'au tronc d'arbre
Qu'on y reconnaît bien le dieu ;
Mà qu'on y méconnait le marbre.

Madame DESPRITVIEUX.

Tous ces détails augmentent ma curiosité. Je brûle de le voir ce cher Apollon qui parle. Arrivera-t-il bientôt ?

GERMAIN.

Un poco de patientia, signora; un pocetta, il va venir dans l'instante. Mes gens vont le transporter, ma est necessario de prendre quelques précautions.

Madame DESPRITVIEUX.

J'entends du bruit; ne serait-ce pas lui ?

SCÈNE VI.

Les précédens, DESPOINTES.

TROMBONER.

Ce n'est pas tout-à-fait Apollon; c'est M. Despointes, ce petit auteur de vaudevilles.

Madame DESPRITVIEUX.

Allons, paix; de la tolérance, Trombaner.

TROMBONER.

Non, non; voyez plutôt; peut-on se présenter ainsi costumé chez une femme honnête ? Cet habit ressemble à un pet en l'air.

DESPOINTES.

Taisez-vous donc, mon cher; vous radotez avec votre juste au corps du temps de la ligue.

Madame DESPRITVIEUX.

Eh quoi! toujours en querelle!

DESPOINTES.

Je vous le demande, Madame; est-ce que vous trouvez ma mise ridicule?

TROMBONER.

Air *du petit Matelot.*

Pour suivre une pareille mode
Il ne faut point avoir de goût.

DESPOINTES.

Moi, je la trouve très commode;
Mais économique surtout.
De drap j'y gagne au moins un mètre;
En vérité c'est tout profit.

TROMBONER.

Vons êtes dans l'erreur.

Dans le pantalon il faut mettre
Ce qu'on retranche de l'habit.

GERMAIN.

Vous avez raison tous les deux; ma laissons là les costumes. Je pourrais aussi parler du mien. (*A Despointes.*) Monsieur vient sans doute per vedere l'Apollon?

DESPOINTES.

Oui, je viens assister, comme Madame m'en a prié, à l'inauguration de ce prodige surprenant; car on dit qu'il doit parler. Au reste, ce sera pour moi un jour de curiosité; car je viens de voir les chevaux andaloux; tout Paris s'y porte; ils sont charmans.

Air : *Vaudeville d'Arlequin afficheur.*

On a vu deux peuples amis
Toujours se prêter assistance ;
Mais ce présent des deux pays
Resserre encore l'alliance.
Chacun brûle de contempler
Ces coursiers monumens de gloire
Que l'amitié vient atteler
Au char de la victoire.

De là je n'ai fait qu'un saut au sallon.

TROMBONER.

Que diable alliez-vous faire là ? Est-ce qu'un auteur se connaît en peinture ?

DESPOINTES.

L'art dramatique et la peinture ne sont pas étrangers l'un à l'autre.

Air : *Trouverez-vous un parlement.*

Entre ces deux arts précieux
Il existe un rapport notoire ;
Prenant un vol audacieux
Le tragique est peintre *d'histoire*,
Le comique fait *les portraits*,
Le drame, *la carricature*,
Le vaudeville vient après,
Et c'est le peintre en *miniature*.

De là je suis allé à la salle des antiques.

TROMBONER.

Qu'est-ce c'est que cette salle ?

DESPOINTES.

Comment ! vous ne connaissez pas cet endroit où tout Paris se porte en ce moment ? En vérité, c'est inconvevable. On y voit le Laocoon, l'Antinoüs; mais c'est la folie du jour.

GERMAIN.

Et que va-t-on faire là signor?

DESPOINTES.

C'est là que chacun va implorer le Dieu qu'il croit lui être propice.

Air : *Vaudeville de la Revue de l'an six.*

Nos jeunes femmes au salon
Vont dans Vénus voir leur modèle ;
Les artistes dans Apollon
De ses merveilles la plus belle.

Madame DESPRITVIEUX.

Près de l'image de son dieu
Chaque homme, dites-vous, s'empresse :
Alors on en doit voir bien peu
Près de celle de la Sagesse.

D'ailleurs, tous ces Dieux ne sont rien en comparaison des hommes que nous voyons.

DESPOINTES.

Vous riez, je pense.

Air : *Le lendemain.*

De Mars, qui tient la place?

GERMAIN.

Eh! tous nos guerriers fameux.

DESPOINTES.

Adonis, qui le surpasse?

TROMBONER.

Presque tous nos merveilleux.

DESPOINTES.

Démosthènes, sans injure....

Madame DESPRITVIEUX.

Entendez nos orateurs.

DESPOINTES.

Qui peut égaler Mercure?

(*Tous.*)

Tous nos voleurs.

Madame DESPRITVIEUX.

Vous avez beau dire, mon cher, tout ce que vous avez vu ne vaut pas le buste de Trophonius. Je vous avais bien recommandé d'aller le voir au palais du Tribunat. Au reste, je suis en marché pour l'acheter. J'en donne soixante mille francs, et nous ne nous tenons qu'à une misère.

GERMAIN.

L'expérience de ce bouste n'est que la mauvaise copie de mon Apollon. Il y a dix ans que j'ai obtenu de la cour de Rome un brevet d'invention pour avoir fait parler des têtes inanimées.

DESPOINTES.

Vous prenez cela pour un miracle.

Air de la Boulangère.

Si j'en juge bien sainement,
La chose est peu nouvelle,
Car on voit parler bien souvent
Des têtes sans cervelle,
Vraiment,
Des têtes sans cervelle.

Madame DESPRITVIEUX.

Mais cet Apollon n'arrive pas.

GERMAIN.

Vi avez raison ; je commence à craindre qu'il ne lou soit arrivé quelqu'accident. Je cours à sa rencontre, et je souis à vous dans ouna seconda. (*à part.*) Allons préparer nos batteries. Ouna seconda.... Je vous saloue....

SCÈNE VII.

Les précédens, excepté GERMAIN.

Madame DESPRITVIEUX.

MAINTENANT, mes chers amis, que nous sommes seuls, il faut que je vous consulte sur mon ouvrage.

DESPOINTES.

Qu'est-ce que c'est ?

Madame DESPRITVIEUX, *prenant un énorme manuscrit.*

(*Elle lit.*) Le siége de Jéricho par Josué, opéra-comique en six actes, paroles de madame Despritvieux, musique du citoyen Tromboner.

DESPOINTES.

Ma parole, le sujet est délicieux ; c'est dommage que vous n'en fassiez pas un petit vaudeville.

TROMBONER.

Un instant ;.... et ma musique, qui est le principal de

l'ouvrage. Les trompettes qui font écrouler les murailles. Quel effet d'orchestre! c'est à faire trembler.

DESPOINTES.

Le volume me paraît bien épais, Madame?

Madame DESPRITVIEUX.

Mais, mon petit ami, vous ne savez donc pas que c'est un phénomène littéraire? La pièce dure trois jours.

DESPOINTES.

Et les règles de l'art?....

Madame DESPRITVIEUX.

Je les connais aussi bien que vous; mais voici l'heureux du sujet. Vous savez que Josué arrêta le soleil trois jours, et pendant ce temps-là ma pièce marche.

DESPOINTES.

Délicieux! délicieux! Au reste, votre ouvrage va jeter de la lumière sur la dispute de la rotation.

TROMBONER.

De la rotation!

DESPOINTES.

Air : *Vaudeville du Jokei.*

Toi qui fais marcher le Soleil
Et rend la terre inamovible,
Si des censeurs prennent l'éveil,
Pour les confondre ouvre la bible.
D'un sublime raisonnement
Josué va t'offrir la source.
Le Soleil marche assûrément
Puisqu'il l'arrêta dans sa course.

Et à quel spectacle comptez-vous faire jouer votre ouvrage?

Madame DESPRITVIEUX.

Comment donc ! je fais bâtir une salle tout exprès.

TROMBONER.

Oui sûrement, une salle superbe.

DESPOINTES.

Autre folie ; vous devenez directrice de spectacle quand chacun quitte le métier. Voyez les plus anciens théâtres ; tenez, le théâtre italien, par exemple.

Air *de l'Opéra comique.*

Les dépenses depuis long-temps
Etaient au-dessus des recettes ;
Et les directeurs chancelans
Chaque jour augmentaient leurs dettes.
Après avoir bien discuté,
Ne sachant plus quel parti prendre ?
Ils ont, dans cette extrémité,
Mis leur *maison à vendre.* (1)

J'en connais qui prennent d'autres moyens.

Air *du Pas de charge.*

Maints directeurs dans l'embarras
Redoutant la misère ;
Pour avoir l'argent qu'ils n'ont pas
Il ne savent comment faire ;
Et voulant éviter surtout
Une chute fatale,
Au lieu de restaurer le goût
Ils restaurent la salle.

TROMBONER.

Pour moi, j'aime mieux une salle de restaurant qu'une salle restaurée.

(1) Charmant opéra comique de Duval, qui attire la foule à ce théâtre.

Madame DESPRITVIEUX.

Ah! voici M. Antiquomanici; c'est un homme de parole.

SCÈNE VIII.

Les précédens, GERMAIN.

TOUS.

Eh bien!

GERMAIN.

L'Apollon et la Venous sont dans la pièce voisine; mà é necessario que vi me laissiez oun momento per fare mes petites dispositions, et le placer dans oun jour favorabile; quand tout sera prêt, je vi avertirai.

Madame DESPRITVIEUX.

Il a raison. Allons faire un tour de jardin;.... je vous lirai ma pièce.

DESPOINTES.

Cela sera fort divertissant.

SCÈNE IX.

GERMAIN *introduit* DERLANGE *enveloppé d'un grand manteau.*

DERLANGE.

Eh bien! maraut; tu m'avais dit qu'Apolline était ici.

GERMAIN.

Un instant, Monsieur; vous allez la voir. (*Il ouvre la porte d'un cabinet; Apolline en sort.*)

DERLANGE.

Ah! c'est vous, ma chère Apolline; que d'obstacles il m'a fallu franchir pour arriver jusqu'à vous!

APOLLINE.

Etes-vous bien sûr que ma tante....

GERMAIN.

Allons, vous aurez tout le temps de vous faire l'amour demain; au piédestal vîte, et songez qu'il ne faut pas bouger, et en un mot être statue.

Air *du Chapitre second*

Ce moment doit être éternel,
Au gré de mon impatience,
Près de vous un ordre cruel
Va me condamner au silence;
Mais, hélas! pour m'y conformer
Défendez-moi donc votre vue;
Quand un regard peut m'animer,
Comment! resterais-je statue?

GERMAIN.

Allons donc, en place.

DERLANGE.

Mais quel moyen as-tu pour nous sortir d'ici?

GERMAIN.

Ne vous inquiétez donc pas.

DERLANGE.

Comment tromper les yeux par une ruse aussi grossière?

GERMAIN.

Soyez tranquille; grâce à l'engoument de madame

Despritvieux pour le buste de Trophonius, rien ne la surprendra; d'ailleurs elle n'y voit goute, le musicien est toujours ivre; un seul de la société pourrait nous embarasser, c'est l'auteur; mais il connaît si peu Apollon qu'il s'y méprendra facilement. J'entends du monde. En place, vous mademoiselle soyez prête au premier signal. Un costume à la grecque.... un grand voile, et tout ira bien. Voici nos originaux, attention. (*Elle entre dans le cabinet.*)

SCÈNE X.

GERMAIN, DERLANGE, *caché derrière un rideau, sur le piédestal.* Madame DESPRITVIEUX, TROMBONER, DESPOINTES.

Madame DESPRITVIEUX, *en entrant.*

Vous avez beau dire, je soutiens qu'il n'y a pas de longueurs.

GERMAIN.

Oun momento; la statoue est placée, mettez-vous de ce côté. (*Il tire le rideau.*) (*Grande surprise.*)

Madame DESPRITVIEUX.

Ah! qu'il est beau!

TROMBONER.

Superbe!

DESPOINTES.

Pas mal, pas mal; la tournure aërienne.

Madame DESPRITVIEUX.

Tromboner, Tromboner, apportez-moi mon microscope.

TROMBONER.

Ah ! ça, mais je ne m'attendais pas à le voir avec une tunique.

GERMAIN.

C'est que vous n'avez entendou parler que de la copie du mouséoum ; mà eccò le vrai original.

Madame DESPRITVIEUX.

Ah ça, va-t-il parler? je brûle de lui demander son avis sur mon opéra.

GERMAIN.

Parlez loui primò de quelques autres ouvrages afin de le préparer insensiblement.

Madame DESPRITVIEUX.

Voyons, voyons, je vais le consulter sur mes ouvrages de prédilection.

Air : *Cet arbre apporté de Provence.*

(*A chaque question le dieu fait un geste.*)

Voulez-vous l'abbé de l'Epée ?

GERMAIN.

Il l'accepte en faveur du nom.

Madame DESPRITVIEUX.

De Catinat la matinée ?

GERMAIN.

Le dieu ne dit ni oui, ni non.

Madame DESPRITVIEUX.

Pâris, et la Dansfomanie ?

GERMAIN.

Je crois qu'il sourit de plaisir.

Madame DESPRITVIEUX.

Le drame de Misantropie ?

GERMAIN.

Epargnez-lui le repentir.

Madame DESPRITVIEUX.

Je tremble! . . . . il est bien sévère; mais vous m'aviez dit qu'il parlait.

GERMAIN.

Ah! c'est qu'il est des ouvrages dont Apollon ne parle pas.

Madame DESPRITVIEUX.

Et le siège de Jéricho, qu'en pensez-vous ?

GERMAIN, *bas à Derlange.*

Acceptez.

DERLANGE.

Charmant!

Madame DESPRITVIEUX.

O miracle! il a parlé pour moi seule.

TROMBONER.

Ciel! il a parlé.

GERMAIN.

Eh bien, doubitez-vous encore de mon talent, signora? S'il se met en train il en dira multò plous.

TROMBONER.

Citoyen Apollon, au nom des arts, je demande la parole.

Air : *Pour un maudit péché.*

Dis-moi quel est celui
Qui par sa Mélodie
Obtient de Polymnie
La couronne aujourd'hui?
Dis quel est ce grand homme?
Son plus cher favori,
Et qu'Apollon le nomme

DERLANGE.

Grétry.

TROMBONER.

Grétry! voilà un jugement qui m'étonne; je fais cent fois plus de bruit que lui.

GERMAIN.

Pianò, pianò; Apollon il va parlare.

DERLANGE.

Air *de la Croisée.*

De l'Olympe exilé long-temps,
Chez Midas traînant ma misère,
Grétry me préta ses accens
Pour triompher d'un téméraire.
Par un présent digne des dieux,
Voulant assurer son empire,
Avant de remonter aux cieux,
Je lui laissai ma lyre.

TROMBONER.

Grétry! quel affront pour les Trombones!

Madame DESPRITVIEUX.

Il a raison : je crois en effet que Grétry.....

TROMBONER.

Ah! c'est comme cela! Eh bien, donnez-lui votre Jericho, je retire ma musique. Je l'attends ; je l'attends à la chûte des murailles avec ses petites flutes. (*Il sort*).

SCÈNE XI.

Les mêmes, excepté TROMBONER.

DESPOINTES.

C'est maintenant mon tour d'interroger l'oracle.

Air : *Pour un petit péché.*

Dis-moi quel est l'auteur
Dont l'aimable génie
Sur la scène ennoblie
A su charmer le cœur?
Nomme, je t'en supplie,
Le charmant écrivain
Favori de Thalie.

DERLANGE.

Colin.

DESPOINTES (*à part*).

Il ne m'a pas nommé, c'est étonnant!...

Air : *Des fraises.*

Quel auteur par ses succès,
Ses grâces et son style,
Sut approcher le plus près
Des grands poëtes français.

DERLANGE.

Delille.

DESPOINTES.

Que pense Apollon de la dispute élevée dans les journaux entre les vieux et les jeunes littérateurs.

DERLANGE.

Air : *Du vaudeville des Visitandines.*

Aux soit-disant jeunes poëtes,
Comme aux vieux, tu peux annoncer
Que sur leurs débats de gazettes
Je vais aujourd'hui prononcer.
Les vieux, malgré tant de jactance,
Me laissent peu de souvenir ;
Et les poëtes à venir
Me donnent bien peu d'espérance.

DESPOINTES.

Apollon, permets-moi d'exprimer le vœu que je t'adresse au nom de toute la France. Est-ce que tu ne serais plus d'accord avec le dieu de la guerre ? Jadis vous sembliez toujours vous donner la main pour former les grands hommes.

Air : *Appelé par le dieu d'amour.*

Achille fut créé par Mars
Et bientôt tu créas Homère ;
Près des Henris, près des Césars,
Tu plaças Virgile et Voltaire.
Pourquoi languir dans le repos ?
Une grande époque s'apprête,
Mars nous a donné le héros,
Quand nous formeras-tu le poëte ?

GERMAIN.

Là dessous jé tire lé rideau; l'Apollon est oun poco fatigato..

DESPOINTES.

En ce cas, je vais faire une lecture au Lycée, et j'y porterai l'arrêt d'Apollon.

Madame DESPRITVIEUX.

Comment, il s'en va! moi qui voulais lui lire mon second acte de Jéricho: écoutez-moi donc; mais écoutez-moi donc. (*elle le poursuit avec son manuscrit*).

SCÈNE XII.

GERMAIN, DERLANGE *quittant le piédestal.*

DERLANGE.

Ouf! je respire!.... Comment maraut, est-ce pour remplir ce rôle que tu m'as fait venir ici?

GERMAIN.

Attendez encore un instant.

DERLANGE.

Un instant! drôle voilà deux heures que je suis dans l'attitude la plus gênante.... je suis rompu!

GERMAIN.

Je vous prépare un scène qui vous fera plus de plaisir. (*Il frappe à la porte du cabinet, Apolline en sort*). Voici maintenant la Vénus du Capitole.

DERLANGE.

Quelle nouvelle extravagance!

GERMAIN.

J'entends notre tante..... en place tous deux.... vîte derrière le rideau.

SCÈNE XIII.

Les précédens, Madame DESPRITVIEUX.

Madame DESPRITVIEUX.

Ah! signor Antiquomanici, cette séance avec Apollon va me faire le plus grand honneur dans le monde littéraire.

GERMAIN.

Vi n'avez encore rien vu, signora; je vi reserve ouna double jouissance.... ecco maintenant la Vénous.

Madame DESPRITVIEUX.

Que vois-je? Vénus avec un voile; je ne lui croyais d'autre ornement que sa ceinture.

GERMAIN.

Oui, oui, les Vénous comme il y en a tant. Mà celle-ci est ouna Vénous comme il n'y en a pas.

Air : *Des fraises.*

C'est la déesse des ris,
C'est la Vénous podique;
Elle arrive en ce pays,
Et c'est vraiment dans Paris
L'unique. (*ter.*)

Madame DESPRITVIEUX.

Mais, dites-moi, parle-t-elle aussi la Vénus ?

GERMAIN.

Certamente, signora, et bien plous facilement qu'Apollon ! elle est femme.

SCÈNE XIV.

Les mêmes, TROMBONER *tout-à-fait ivre.*

GERMAIN.

Eh ! qué vider ? Lé papa Tromboner !....

Madame DESPRITVIEUX.

Dans quel état il est ! il n'a que ce défaut là ; mais il l'a bien.

TROMBONER.

Madame Despritvieux, je viens vous demander ma partition. On vient de me proposer un poëme pastoral, et je veux profiter de l'occasion pour employer ma musique de Jéricho.

Madame DESPRITVIEUX.

Un instant, un instant, mon ami. Revenons, mon cher Antiquomanici ; puisque ces deux statues parlent, ne pourraient-elles pas avoir ensemble une espèce de dialogue, comme chez Trophonius ?

GERMAIN.

Eh perche, non signora ? rien de plous facile.

Madame DESRRITVIEUX.

Si elles s'entretenaient d'un sentiment..... là.... vous m'entendez bien....

GERMAIN.

Tout à l'houra. Je vais leur fare quelques signes.

Madame DESPRITVIEUX.

Je suis toute émue.......

TROMBONER.

Je veux m'en aller, moi. Rendez-moi ma musique, madame Jéricho.

GERMAIN.

Oun poco de silentio. Ils vont parlare.

DERLANGE.

N'est-ce pas Cypris que j'aperçois.

APOLLINE.

Je crois reconnaître le fils de Latone.

TROMBONER.

De la tonne! ah! puisque c'est le fils de la tonne, je me reconcilie avec lui, et je reste.

DERLANGE.

Pourquoi l'insensible Vénus nous voile-t-elle ses charmes?

TROMBONER (*à part*).

C'est apparemment pour se garantir des mouches.

APOLLINE.

Je crains les yeux d'Argus.

DERLANGE.

Aimable Citherée, quel pouvoir inconnu nous a transporté dans ces lieux? Partagez-vous ma situation? Je suis horriblement mal ici; mais l'amour fait tout sxpporter.

Madame DESPRITVIEUX.

L'amour! ah! que c'est tendre?

TROMBONER (*à part*).

La vieille folle!

DERLANGE.

Que ne puis-je me rapprocher de vous.

APOLLINE.

Air : *Il faut quitter ce que j'adore.*

Prenez bien garde, on nous observe,
D'une vieille prenant les traits,
Je crois reconnaître Minerve,
Qui nous regarde de bien près.

DERLANGE.

Si contre nous elle conspire,
Mercure est dans nos intérêts,
Et Bacchus est trop en délire
Pour s'opposer à nos projets.

Madame DESPRITVIEUX.

Je ne comprends rien à ce qu'ils disent.

GERMAIN.

C'est que c'est oun langage céleste, au-dessus de la portée des houmains; mà jé vais vi l'expliquer; ils disent qu'il leur tarde dé vi appartenir: ainsi il ne vi reste plous qu'à signer l'acte de propriété.

Madame DESPRITVIEUX.

Volontiers; mais voyons.

GERMAIN.

Inoutile.

Madame DESPRITVIEUX. (*Elle lit.*) Que vois-je? il est question de mariage.

GERMAIN.

(*A part.*) O ciel! il me vient une idée. (*Haut*) Comment, vi ignorez qu'à Roma, quand on inaugoure deux statoues, il est d'ousage de les ounir.

Madame DESPRITVIEUX.

Quelle folie! unir des statues.

GERMAIN.

Ce ne seraient pas les premières. Mà je souis d'un pays où l'on voit des choses multò piou surprenantes. Tous les ans, le doge de Venise se marie avec la mer Adriatique; et pouis qu'y a-t-il de piou extraordinaire à marier des statoues qu'à baptiser des cloches.

Madame DESPRITVIEUX.

Il est vrai qu'en 42 j'ai été marraine de Georges-d'Amboise, la grosse cloche de Rouen; mais ici c'est bien différent.

Air : *Si Dorilas.*

Ma conduite serait peu sage,
Est-il prudent de les unir?

GERMAIN.

A cet aimable mariage,
Vous ferez bien de consentir,
Et si de marcher sur vos traces,
En France on s'empressait partout,
L'ounion du talent aux grâces
Ferait enfin naître le goût.

Madame DESPRITVIEUX.

Signor Antiquomanici, je n'y consentirai pas, nous ne sommes point à Rome.

GERMAIN.

(*A part*) Nous sommes perdus!

Madame DESPRITVIEUX.

D'ailleurs, je veux interroger l'oracle sur un mariage plus important. Seigneur Apollon, il y a quelques jours que je consultai le buste de Trophonius sur le mariage de ma nièce avec un certain Derlange, il s'y est opposé.

DERLANGE.

Le buste de Trophonins est un sot. Derlange n'est point éttanger à la littérature, car il pense comme moi sur vos talens.

Madame DESPRITVIEUX.

Qu'entends-je? Apollon s'intéresse à Derlange! On m'avait donc bien trompée.... où est ma nièce? Je veux qu'elle apprenne son bonheur de votre bouche; ils seront unis sur vos autels..... Mais où est-il ce cher Derlange? que ne puis-je le voir! qu'on me le cherche, qu'on me l'amène....

DERLANGE, *sautant du piédestal, et remettant son manteau, pendant que madame Despritvieux parcourt le sallon.*

Madame, il est devant vos yeux.

Madame DESPRITVIEUX.

Que vois-je? dieux! les statues s'animent, est-ce le miracle de Pygmalion?

SCÈNE XV, et dernière.

Les précédens, DESPOINTES *entrant.*

DESPOINTES.

Où est donc Apollon?

DERLANGE.

C'est moi.

Madame DESPRITVIEUX.

Et le signor Antiquomanici?

GERMAIN (*ôtant sa perruque.*)

C'est moi.

TROMBONER.

Et Vénus?

APOLLINE, *faisant la révérence à Madame Desprivieux.*

C'est moi, ma tante.

TROMBONER.

Comment! vous êtes la tante de Vénus!

Madame DESPRITVIEUX à DERLANGE.

Quoi! vous seriez.....

DERLANGE.

Oui, Madame, je suis Derlange. Pardonnez à un artifice dont le but était de vous détromper sur les bustes qui parlent, et de vous empêcher de faire une acquisition ruineuse. Au reste, Apollon vous a dit ce que pensait Derlange sur vos ouvrages; répéterez-vous à Derlange ce que vous avez dit à Apollon sur mon mariage?

Madame DESPRITVIEUX.

Il est charmant ! oui, oui ; je vous donne mon Apolline.

TROMBONER.

Apollon et Apolline, ils étaient faits l'un pour l'autre.

Madame DESPRITVIEUX.

Mais c'est à la condition que nous ferons un ouvrage ensemble.

TROMBONER.

J'en ferai la musique.

DESPOINTES.

Et moi le vaudeville.

VAUDEVILLE.

APOLLINE.

Air : *Vaudeville de l'Epreuve villageoise.*

Charle, et son spectacle,
Qui n'est pas miracle,
Avaient mis obstacle
A notre union.

Madame DESPRITVIEUX.

C'est une bonne leçon,
Crois que la seule raison,
A l'avenir sera mon
Oracle.

DERLANGUE.

Si dans ce spectacle
Quelqu'un par miracle

Voulait sans obstacle
Briller en ce jour,
Qu'il fasse le calambourg
De no. cercles tour-à-tour
Bientôt il passera pour
L'oracle.

DESPOINTES.

Journaux et spectacles
Sont les réceptacles
Où sans nuls obstacles
Maints petits censeurs
Du paon prenant les couleurs,
Veulent juger en docteurs;
Mais le public rit de leurs
Oracles.

TROMBONER.

Un bien beau miracle
Serait le spectacle
D'une ample débâcle
De jus de rais n
Bacchus, t'implorai-je en vain?
Remplis la Seine de vin
Et tu seras mon divin
Oracle.

GERMAIN.

Avant le spectacle
Criant au miracle,
L'auteur au pinacle
Se croit transporté;
Mais, sans l'hôte ayant compté,
Souvent il perd sa gaité
Après avair consulté
L'oracle.

FIN.

www.ingramcontent.com/pod-product-compliance
Ingram Content Group UK Ltd.
Pitfield, Milton Keynes, MK11 3LW, UK
UKHW021318190726
13839UKWH00007B/1964

9 782329 170541